大哉孔子

不朽的《论语》

○ 王之俊 著

中国石油大学出版社
CHINA UNIVERSITY OF PETROLEUM PRESS

山东·青岛

目/录

第一章

弟子回忆录

孔子言论集

大哉孔子
不朽的《论语》

（一）

千年《论语》书，

弟子回忆录，

孔子言论集，

万古之明珠。

（二）

时在公元前，

四百七九年。

孔子与世辞，

弟子心怀念，

经常聚一起，

缅怀师生前。

一颦和一笑，

一行和一言，

说了些什么，

有谁在身边，

做了些什么，

当时之场面。

（三）

弟子之回忆，

断续不接衔。

有的在这天，

有的在那天；

有的在早晨，

有的在傍晚；

有的在室内，

有的在田间。

所问之问题，

各抒其欲言。

有的涉及人，

有的涉及天；

有的涉及水，

有的涉及山。

记录下来后，

各不相属连。

（四）

三年心丧后，

弟子多离散。

有的走向北，

有的走向南；

有的行讲学，

有的去为官。

奔走于列国，

开创新局面。

不忘恩师教，

传布恩师言。

弟子传弟子，

代代相递传。

几经整理后，
纂成二十篇。
孔子言论多，
亦有弟子言。
四百九十章，
一万六千言。

第二章

影响久远
深入人心

（一）

《论语》成书后，

广泛之流传。

泰山之四周，

大河之两岸。

如同春风至，

吹绿众河山。

如同春雨落，

滋润列国田。

影响遍朝野，

深入人心间。

（二）

两千多年来，

《论语》一直是，

官方指定的，

必读之书籍。

只有读熟它，

才能入于仕。

不读这本书，

多读亦无益。

它是读书人，

言行之根基。

（三）

不管你愿意，

还是不愿意；

不管你意识，

还是不意识；

不管你识字，

还是不识字；

不管是皇帝，

还是官与吏；

不管你经商，

还是在种地；

不管是男人，

或者是女子；

不论你年轻，

还是已期颐。

《论语》之思想，

以它之方式，

无不渗透在，

你的生活里，

你的血液里，

你的灵魂里。

（四）

《论语》这本书，

宣讲之道理，

主张和思想，

代代相传递。

长久渗透在，

国家体制里，

社会风俗里，

心理习惯里，

言语行为里，

节庆活动里，

有关书籍里，

众多报刊里。

已经传布到，

众多国家里，

已经写入到，

世界宣言里。

（五）

古今与中外，

无不读《论语》。

汉代成帝时，

《论语》被赞许：

"五经之管辖，

六艺之喉衿。"

（六）

宋代重《论语》，

　研读成风气。

　下至村学儒，

　上至到皇帝，

无不读《论语》，

　深究细研之。

　天子宋徽宗，

　亲自作注释，

《论语解》三卷，

　风靡于当世。

（七）

南宋之朱熹，

用尽平生力，

费时六十载，

为《论语》注释。

（八）

中外名人对《论语》，
　无不高度称赞之。
历史学家钱穆说：
　统观中国之历史，
孔子思想之影响，
　无有一人能伦比。

著名学者南怀瑾：
　无论何时与何地，
孔子所著之《论语》，
　都具不朽之价值。

半部《论语》治天下，

源于赵普世共知，

"美德最高之文本"，

余秋雨曾赞许之。

和迁哲郎评论说：

孔子是用平凡的，

日常生活之态度，

揭示人性之奥秘。

英国著名哲学家，

历史学家汤恩比：

儒家思想和大乘，

拯救二十一世纪。

第三章

人类宝典　博大精深

（一）

有人对《论语》，

妄言而评之：

"道德的教训"，

颠三而倒四；

"伦理之教条"，

平淡无哲理。

他们不理解，

《论语》之真谛。

（二）

《论语》之内容，

博大而精深，

取之而不竭，

用之而不尽。

（三）

好学之颜回，

喟然而叹道①：

夫子之学也，

仰之而弥高，

越是钻研它，

觉得越深奥；

看着在眼前，

转眼身后找。

注：①《论语·子罕》第十一章。

夫子循循诱，

学问博我脑，

以礼约束我，

想停停不了，

我虽竭全力，

前面山崇高，

虽想攀上去，

路径找不到。

（四）

聪明之子贡，

亦曾发感叹：

夫子之文章①，

已经记心间，

性命和天道，

还没能了然。

夫子之学也，

如海纳百川。

好像是围墙②，

我家墙齐肩，

外人可看到，

屋内之美观。

注：①《论语·公冶长》第十三章。

②《论语·子张》第二十三章。

夫子家墙高，

挡住你视线，

不从门而入，

看不到里面。

庙堂之辉煌，

房舍之壮观，

能从门进者，

还真不多见。

夫子之学也，

博大而精通，

如能得任用①，

创立能成功。

注：①《论语·子张》第二十五章。

引导民跟走，

安抚民顺从，

动员民响应，

一生很光荣。

我想学老师，

可叹力不从。

（五）

《论语》是宝典，

涵天而盖地，

人生诸问题，

无所不涉及。

治国和安邦，

为人和处世。

以仁来为政，

知及仁守之，

庄严以莅临，

动之而以礼。

以德来治国，

众星而拱之。

以信而立国，
民无信不立。
以教而兴国，
富之而教之，
有教而无类，
同仁而一视。
以直来谏君，
勿欺而犯之。
举直错诸枉，
能使枉者直。
欲速则不达，
无见于小利。
臣事君以忠，
君使臣以礼，

君臣之正道，

国泰民安之。

人生天地间，

面临诸问题：

如何孝父母？

如何尊重师？

如何交朋友？

如何有距离？

如何处富贵？

如何而入仕？

为何要远虑？

为何求诸己？

为何称骥德？

为何不称力？

做人如何做？
识人如何识？
问题之答案，
书中全有之。

除了这些外，
还有很多事，
还有很多情，
还有很多理。

仁者之为仁，
仁者和周亲，
仁者为苍生，
仁者戒骄吝。

和谐而不同，

贞固而不谅，

以直以报怨，

中庸之思想。

三畏和三戒，

知命为君子，

"仁"者即"爱人"，

仁从孝亲始，

礼者基于仁，

仁是礼本质，

性近而习远，

修身和学习，

臧否诸人物，

评价众弟子，

天道与鬼神，

人之生与死，

尧曰和舜命，

武王之泰誓，

上晓夏商周，

下知到百世，

大到天何言，

些许到衣食，

这些人和事，

这些情和理，

书中全涵盖，

无一之漏遗。

（六）

《论语》意深奥，

　语言很简易，

　寓教于日常，

　能于近取譬，

　将理融入情，

　将情依于理，

　深入而浅出，

　普通而具体，

　潜移而默化，

　不觉而受益。

（七）

《论语》如高山，

攀登一辈子；

《论语》如大海，

浩渺而无际；

《论语》如明月，

银辉洒大地；

《论语》如阳光，

普照而无私。

第四章

仁为核心 一以贯之

（一）

《论语》虽然是经典，

编排并非很完善。

字句重复于多处，

章节秩序散而乱。

（二）

《论语》多人而编成，

缺乏系统不连贯。

头绪众多难理清，

如同一个乱线团。

（三）

《论语》乱中有头绪，
　　找到线头即了然。
　　这个线头就是仁，
　　思想逻辑之起点。

（四）

　　顺着线头理下去，
　　仁之脉络即井然。
　　仁就好像一根线，
　　贯穿全书二十篇。

（五）

一部《论语》中，

仁字出现频。

五十八章中，

都是论及仁；

一百零九处，

都是涉及仁。

（六）

一部《论语》中，

孔子之言论，

都是向弟子，

不断解释仁。

内在之含义，

外在之形式，

呈现之形态，

践行之方式，

求取之途径，

说明之实例。

（七）

一部《论语》中，
孔子之言论，
都是向弟子，
不断阐发仁。

内在含义即爱人，
呈现形态孝悌信，
仁之外化即为礼，
礼之内核即是仁。
践行方式为仁政，
治国处事和做人；

求取途径为实践，

努力学习和修身。

实例说明例子多，

涉及多事和多人。

（八）

众多古人曾经说：

"孔门之学先求仁"，

"孔门之旨在求仁"，

"儒家之道先言仁"，

"孔子教人为学仁"，

"孔子贵仁"多言仁。

古人异口而同声，

孔子言仁践行仁，

一生言论集《论语》，

《论语》以仁为核心。

第五章

樊迟问仁

子曰『爱人』

（一）

众多弟子问及仁，

孔子回答各因人。

回答樊迟问时说：

所谓"仁"者即"爱人"。

爱人乃仁之本质，

也是内容之基本，

余均为其之扩充，

或者为其之延伸。

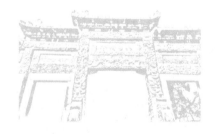

（二）

回答颜渊问仁说：
克己复礼即为仁，
一旦全都合礼了，
天下即可归于仁。
仁之实行由自己，
而不取决于他人。
不合理的不要看，
不合理的不要闻，
不合理的不要说，
不合理的不动身。

（三）

回答子贡问仁说：

自己想立而立人，

自己想达而达人，

己所不欲勿施人。

（四）

回答仲弓问仁说：
出门如同见大宾，
使民如同承大祭，
在朝在家无怨恨。

（五）

回答子张问仁说：

能行五者即为仁，

又问五者之细目，

答曰"恭宽信惠敏"。

（六）

仁之含义极广泛，

统率义礼智信谦，

惠敏温良恭俭让，

忠恕孝悌勇敬宽，

一切中华之美德，

都可包括在里边。

第六章

忠恕仁之路

近譬仁之方

一

（一）

南宋之朱熹，

曾为忠恕注。

尽己之谓忠，

推己之谓恕。

（二）

孔子言忠恕，

见于《论语》书。

朱注与孔言，

相通有不符。

（三）

孔子之言忠：

"己欲立而立人，

己欲达而达人。"

孔子之言恕：

"己所不欲，

勿施于人。"

忠是要求己，

恕是对他人。

践行忠和恕，

就能做到仁。

二

所谓仁之方，

即取譬己身，

将心而比心，

推己而及人。

己之之所欲，

推知人所欲；

施己之不欲，

推知人不欲。

所以能做到:

"己欲立而立人,

己欲达而达人,

己所不欲,

勿施于人。"

第七章

仁之形态　孝为基本

（一）

不同社会关系里，

"仁"之形态各不一。

与父母间即为"孝"，

与兄弟间即为"悌"，

与他人间即为"信"，

其中孝是基本的。

（二）

仁由孝亲始，
孝是仁根基。
回报父母爱，
乃孝之实质。

（三）

孝是爱父母，

悌是爱弟兄。

由孝而到悌，

由悌到爱众。

四海皆兄弟，

仁之路途通。

（四）

进入社会中，

人之与他人，

"仁"所体现的，

特质就是"信"。

信乃是准则，

处世和待人。

第八章

仁外化为礼

仁是礼本质

（一）

仁外化为礼，

治国之原则，

言行之规范，

君臣间契约。

（二）

仁是礼基础，

仁是礼核心。

礼是外形式，

不能离开仁。

（三）

林放问孔子，
何谓礼本质①。
孔子回答说，
这是大问题。

就礼仪而言，
与其奢侈也，
还不如节俭；
就丧事而言，
与其完备也，
不如心悲惨。

注：①《论语·八佾》第四章。

礼仪之豪华，

丧事大操办，

都是外形式，

并非礼本然。

礼之内在的，

本质就是仁，

宁俭宁戚也，

都是彰显仁。

第九章

以仁为政
以德治国

大哉孔子
不朽的《论语》

以仁为政

百姓需要仁

火要经常用，

水要天天喝，

离开火和水，

人就不能活。

百姓需要仁，

重要胜水火①。

人若无仁爱，

就会很冷漠，

见利就要争，

见权就要夺。

注：①《论语·正灵公》第三十五章。

天下会大乱，

处处起战祸，

民不能聊生，

流离而失所。

所以需要仁，

胜于水和火。

仁安天下

智得仁守庄以临，

动之以礼善待民^①。

为政始终要谨慎，

不但要智还要仁，

一切言行要庄重，

各种礼节要遵循。

长治久安非易事，

难倒多少君与臣。

注：① 《论语·卫灵公》第三十三章。

以德治国

为政以德

以德来治国，
如同北极星①，
定好自己位，
众星环绕行。

以德治国非无为，
实行德治是根本。
本于仁德育万物，
本于义理正万民，
本于中和制礼乐，
实有宰制定乾坤。

注：①《论语·为政》第一章。

秉政而用有德者，
不劳而治如北辰。

当年韩愈贬潮州，
首先访问民疾苦。
言有鳄鱼常为患，
亲自前往而清除。
从政为民以仁德，
清正廉明有风骨。
虽然千年过去了，
至今潮州人赞服。

君子之德风

"君子之德风，

小人之德草。①"

孔子这句话，

言简意奥妙。

两千多年来，

官方奉为宝。

利用朝廷风，

去吹民间草。

时至到今日，

仍可做参考。

注：①《论语·颜渊》第十九章。

领导言行风，

群众言行草。

风向哪边吹，

草向哪边倒。

以信立国

民无信不立

（一）

子贡问政事，

孔子回答说^①：

粮食军备足，

百姓信得过。

注：①《论语·颜渊》第七章。

（二）

子贡又问道，

如果不得已，

三项去一项，

先去哪项呢？

孔子回答道，

"去兵"即可以。

（三）

子贡又问道，

如果不得已，

二项去一项，

先去哪项呢？

孔子回答道，

那就再去食。

（四）

去信失民心，

兵食何足持？

虽有稻和粟，

乌得能够食，

虽有兵和将，

适足以败己。

隋之洛口仓，

财物充而实，

粮食积如山，

顷刻即散失。

隋朝兵马众，

战将如林立，

瞬间而瓦解，

国破家亡之。

炀帝失于信，

未有不亡理。

（五）

朝闻夕死孔子贵，

舍生取义孟子尚，

自古就有不亡道，

未闻哪人不死亡。

苟且活命非不死，

舍身成仁日月长，

去兵去食不去信，

取信于民国必强。

以教兴国

富之教之

（一）

孔子到卫国，

冉有在驾座，

孔子对他说：

人口可真多。

冉有就问道，

人口已众多，

又该怎么做？

孔子说"富之①"。

注：①《论语·子路》第九章。

冉有又问道，

已经富裕矣，

又该怎么做？

孔子说"教之"。

（二）

孔子虽然重教育，

而以富之为教先。

此与宋儒陈高义，

"饿死事小"而迥然。

（三）

孟子深明孔子意，

深刻阐述富之理。

即使乐岁终身苦，

凶年不免于饿死。

此惟救死恐不赡，

奚暇顾及治礼义。

（四）

"仓廪实而知礼节，
衣食足而知荣辱。"
治国之道先富民。
管子之言道理足。

（五）

宋明理学谈心性，
大讲生生之谓易。
天地大德之曰生，
不除庭草存生意。

（六）

生生就是人活着，
人活需要有衣食。
先富后教是正道，
理学本末之倒置。

（七）

庶之富之再教之，
为政治国大道理。
经济建设为中心，
精神文明强有力。

（八）

改革开放适国情，

发展经济硬道理。

阶级斗争不再纲，

科学技术生产力。

（九）

举国脱贫民富之，

男女老少全教之。

两千多年过去了，

孔子教诲没过时。

以身作则

政者正也

（一）

季康子问政，

孔子讽喻之：

"政者，正也。①"

正人先正己，

你能带头正，

谁敢不正之。

注：①《论语·颜渊》第十七章。

（二）

政者就是正，

孔子之解释。

要求为政者，

管理政务时，

公平和平等，

公正和正义，

光明而正大，

为公不为私，

以身而作则，

严于要求己。

（三）

"政者，正也"，

　流传近百世。

　历代统治者，

　无不熟诵之。

　有的能践行，

　有的做装饰。

　做样子者多，

　能做到者稀。

先之，劳之

（一）

子路问孔子，

如何管政事。

孔子回答说：

"先之，劳之"。

请再多讲点①，

"无倦"而为之。

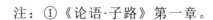

注：①《论语·子路》第一章。

（二）

子路遵师教，

认真来实践。

主宰蒲邑后，

自己带头干。

不怕苦和累，

始终不厌倦。

管理甫三年，

成绩已裴然。

百姓很满意，

孔子"三称善①"。

注：①汉代韩英撰《韩诗外传》。

（三）

"先之"和"劳之"，

坚持而"无倦"。

言简而意赅，

千古之名言。

不但宜子路，

而且适今天。

举直错诸枉

古时宗法制，

家族为中心。

血统别亲疏，

任人而唯亲。

"举直错诸枉[①]"，

破旧而立新。

孔子之名言，

千古传到今。

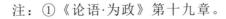

注：①《论语·为政》第十九章。

（二）

举直错诸枉，

任人而唯贤，

名正而言顺，

实行很困难。

多少奸邪者，

位于正直前。

岳飞抗金兵，

敌国心胆寒；

秦桧卖国贼，

通敌大汉奸，

反被封宰相，

位列岳飞前，

一心害岳飞，

百般相摧残，

竟以"莫须有"，

便将英雄斩。

（三）

民心不可欺，

民意就是天。

天命不可违，

乾坤不倒转。

终将贼秦桧，

长跪岳墓前。

（四）

举直错诸枉，

错枉民则安，

举枉国则衰，

错直民则反。

千万把直者，

置于枉者前。

欲速则不达

（一）

子夏宰莒父，

孔子深诫之：

"欲速则不达①"，

不要贪小利。

为政若太急，

欲快反慢之。

忙中易出错，

操切多偾事。

注：①《论语·子路》第十七章。

（二）

古时一农人，

嫌苗长得慢。

拔苗以助长，

结果苗枯干。

（三）

苹果香又甜，

成熟有时限。

不等熟就吃，

味道涩又酸。

（四）

育树要十年，

育人需百年。

欲速非善政，

不若序而渐。

君臣之道

勿欺而犯之

（一）

子路问事君，

孔子之回答：

不要欺骗他，

可以触犯他[1]。

注：①《论语·宪问》第二十二章。

（二）

欺君是小人，
害国害黎民。
直谏是君子，
利民利乾坤。

（三）

直谏谈何易，
获罪至杀身，
箕子疯为奴，
比干被剖心。

（四）

直谏有名臣，

纳谏有名君。

臣者曰魏征，

君者李世民。

君臣相益彰，

饮誉古至今。

贞观之治世，

凝聚君臣心。

君臣之难

（一）

孔子答定公：

众人皆言之，

为君很困难，

为臣不容易①。

注：①《论语·子路》第十五章。

（二）

为君何以难？

环境是外因。

天下人口众，

君主只一人。

四海皆王土，

天下尽臣民。

一人治天下，

天下奉一人。

管弦盈于耳，

美色绕于身。

山珍与海味，

酒海而肉林。

奸者投其好，

佞者献殷勤。

花天与酒地，

久久令人昏。

翻阅廿四史，

明君若星辰。

（三）

为臣何不易？

主因是君昏。

忠臣关龙逄，

直谏被囚禁；

英雄伍子胥，

夫差逼自尽；

于谦忠于国，

反而被杀身。

（四）

多少忠良将，

多少谋国臣，

赤心以报国，

反而成冤魂。

为臣不易也，

中外与古今。

君臣之正道

（一）

定公问孔子：

国君使用臣，

臣下事国君，

何以为遵循？

（二）

孔子很淡定，

从容答定公：

"君使臣以礼，

臣事君以忠。"

（三）

孔子之回答，

高明而中庸。

君臣之正道，

民安而国隆。

（四）

君使臣以礼，

国家万事兴；

君使臣不礼，

一事亦难成。

（五）

夏桀不以礼，

商汤报以兵；

殷纣不以礼，

武王义师兴。

（六）

文王礼子牙，

子牙事以忠，

协助周武王，

灭纣成大功。

（七）

汉高礼留侯，

留侯报以忠，

运筹在帷幄，

灭楚垓地中。

（八）

刘备礼孔明，

三顾茅庐中。

君臣如鱼水，

帝业终成功。

（九）

"君使臣以礼，
臣事君以忠。"
君臣之相处，
此道最亨通。

第十章

以仁为人
以仁处世

孝 亲

（一）

孝是仁基础，

孝是仁根本。

仁自孝亲始，

泛爱到众人。

由人而及物，

民胞物与心。

人物皆和谐，

天下即归仁。

（二）

《孝经》书中载，

孔子注重孝，

尝对曾参说：

先王有要道，

天下皆服从，

各国相友好，

上下无怨言，

无论老和少。

请问道何在？

答曰即是孝。

（三）

社会之乱象，

皆由心所生。

对父母不孝，

对长者不敬，

对朋友无信，

对兄弟无情，

对事无担当，

对人不忠诚。

孝道是良药，

能治这些病。

看似疗效慢，

实乃是捷径。

不但能治标，

还将病根清。

（四）

孟懿子问孝，

孔子曰"无违"。

樊迟不理解，

夫子再教诲：

所谓无违者，

就是勿违礼。

父母在生前，

伺奉要以礼，

死后葬以礼，

葬后祭以礼。

这些做到了，

方可称孝子。

但是有些人，

逆道而行之。

（五）

或曰有个人，
自以为英雄。
养一巨型犬，
性劣样子凶。
但他视为宝，
养于居室中。
夏天开空调，
冬天暖气通。
时时相陪伴，
溜西又溜东。
将其老父亲，
赶到车棚中。
邻里都气愤，
称其为狗熊。

（六）

敬老是美德，

赡养是义务，

法律有规定，

人不要糊涂。

羔羊知跪乳，

乌鸦知反哺，

不孝父母者，

禽兽都不如。

（七）

两千多年前，

交通不方便。

远游离父母，

联系很困难。

所以不远游①，

以免父母念。

若必远离家，

必须先明言，

要到哪里去，

何时能回还。

注：①《论语·里仁》第十九章。

时至到今天，

交通很方便。

天上有飞机，

海上有轮船，

地上有高铁，

手机可呼唤。

远游无所谓，

孝心是关键。

流行一首歌：

《常回家看看》。

这首歌之词，

朴实而简单。

父母听了后，

心中好喜欢。

若不能回家，

手机很方便，

一声"爸"和"妈"，

千里心相连。

老人听了后，

心中比蜜甜。

（八）

人为父母生，

血脉紧相连。

养育之恩情，

一生报不完。

孝道天之经，

孝道地之义。

打骂父母者，

狗彘不如矣。

《诗经》之书中，

有一《蓼莪》篇。

摘录其一章，

以供诸君看。

虽是今译文，

原意亦可见：

父亲父亲生了我，

母亲母亲哺育我，

抚育我呵爱护我，

出出入入抱着我，

照顾我呵挂念我，

养我长大教育我。

要想报答父母恩，

恩情如天报不得。

（九）

孔子之言孝，

时过两千年。

古代孝方式，

不断在完善。

孝敬父母心，

永远不能变。

中化之美德，

代代相递传。

尊师

（一）

师冕盲乐师①，

前来见孔子。

走到台阶前，

孔子提醒之：

前面是台阶，

迈步要注意。

走到坐席前，

孔子又告之：

这里是坐席，

你就坐这里。

注：①《论语·卫灵公》第四十二章。

大家坐好后，

孔子再告之：

某人在这里，

某人在那里。

（二）

师冕辞去后，

子张问孔子：

这是与乐师，

相处之礼仪？

孔子回答说：

这就是尊师，

即使是盲人，

也要尊重之。

交
友

里仁为美

人之五伦中，
君者仅一人，
亲者父和母，
师者或数人，
兄弟有或无，
朋友遍乾坤。
随时能相助，
协力而同心。

人之一生中，
从小靠双亲。
长大入社会，
远离己家人。

朋友是依靠，

相知情义深，

每遇困难时，

仗义而同心，

不避水和火，

舍己为友人，

雪中能送碳，

朋友胜至亲。

蓬生麻之中，

不扶而自直。

与仁者为邻，

耳闻目睹之，

天长日久了，

自然为仁义。

"里仁为美"也[①]，

里仁最为知。

朋友是君子，

如入芝兰室，

久而不闻香，

与兰融一体；

交友是小人，

如入鲍鱼肆，

久而不闻臭，

与鲍混为一。

注：① 《论语·里仁》第一章。

益者三友

交友就要交益友，
"友直友谅友多闻①"。
远离哪些损友也，
便辟便佞善柔人。

民间有句老谚语：
跟着啥人学啥人，
跟着和尚会念经，
跟着巫师会下神。

注：①《论语·季氏》第四章。

置诸直友寡失德，

置诸闻友知古今。

道德学问勤切磋，

进德修业益身心。

主忠信

朋友之间"主忠信①",

　　勇于担当不推辞。

"朋友死，无所归"，

　　孔子即曰我殡之。

　　至圣至仁周文王，

　　野外看到一尸体，

　　即命随从去查看，

　　答曰是首无主尸。

"谁说此尸无有主？

　　我为尸主重葬之。"

　　圣王圣人做表率，

　　千秋万代奉为师。

注：①《论语·子罕》第二十五章。

管鲍之交"主忠信"，

　令人敬仰传古今。

同为商贾均分利，

　管仲多取鲍知贫。

仲陷囚笼叔牙救，

　荐为齐相为国民。

世称夷吾为仁者，

　莫忘叔牙更为仁。

以友辅仁

以文会朋友，
以友辅助仁①。
《论语》书中语，
世上有其人。

名士俞伯牙，
舟楫以返晋。
行至汉江口，
风狂舟不进。
泊于山崖下，
遗怀以抚琴。
一曲尚未终，
弦忽断一根。

注：①《论语·颜渊》第二十四章。

疑有奸盗者，

出舱搜检人。

忽听崖上说：

"我非是奸人，

所以停驻者，

只是为听琴。

吾乃钟子期，

家住集贤村，

本地一樵夫，

打柴奉双亲。"

"山中打柴者，

亦敢称听琴？

真乃不自量，

给我快走人。"

"大人言谬矣，
岂不曾经闻：
'十室之邑中，
必有忠信人。'
门内有君子，
门外君子临。
山野无听者，
琴客何以临？"

"崖上之君子，
可知曲中音？"
"民人若不知，
也不来听琴。

弹到第三句，

　　弦断琴无音。"

　　"先生非俗士，

　　舟中请光临。

　　足下知琴理，

　　下官若抚琴，

　　心中有所思，

　　能否知我心？"

"《毛诗》书中云：

　　'他人若有思，

　　予将行度忖。'

　　大人可抚琴，

若猜不中时，

休得罪小人。"

伯牙整断弦，

静默而思沉，

其意在高山，

随之即抚琴。

"美哉洋洋乎，

志在高山林。"

伯牙不作答，

只是再凝神，

其意在流水，

于是再抚琴。

"美哉汤汤乎,

志在流水滨。"

只这两句话,

道着伯牙心,

推琴而站起,

重施礼主宾。

互道姓与名,

取酒共酌饮,

结拜为兄弟,

生死不变心。

不觉风浪平,

船家要起身,

只得依依别，

无奈泪湿巾。

约定明年时，

仲秋会江滨。

修短由天定，

命运捉弄人。

伯牙赴约时，

子期已归阴。

哭拜于坟前，

挥泪再抚琴：

"回忆去岁时，

江畔曾会君。

今日重来访，

不见知音人。

仅有一土坟，

不禁泪纷纷。

来欢去何苦，

江边起愁云。

子期兮子期，

你我义千金。

吾将买祭田，

以为你扫坟。

吾将回本朝，

上表归泉林。

来接伯父母，

到我俞家村。

奉之以甘脂，

以尽汝之心。

吾即是贤弟，

贤弟即吾身。

相识满天下，

知音你一人。

此曲不再弹，

瑶琴以祭君。”

断弦向祭石，

金徽玉轸粉。

俞钟之高义，

从古说到今。

距离之美

（一）

"事君数，斯辱矣；
朋友数，斯疏矣。①"
无论事君与交友，
频数皆于愿违之。

（二）

臣下对君有忠告，
适可而止勿频频。
定公不能致膰肉，
孔子师徒出国门。

注：①《论语·里仁》第二十六章。

（三）

君臣一伦到后世，

原典儒学已不存。

所谓忠臣不惮辱，

以死相谏不惜身。

朋友尚因数而疏，

怎能以数来谏臣。

君臣相处有正道，

以礼以忠合人伦。

（四）

朋友之道也，

平等而独立。

不宜强于人，

以至烦数之。

即使尽忠言，

亦当适可止。

不听就算了，

否则疏远矣。

（五）

事君谏不行，

则当以去之。

导友善不纳，

则当以止之。

若至于烦渎，

听者则烦矣。

求荣反得辱，

求亲反疏矣。

浮云富贵

（一）

不义富且贵，

"于我如浮云①"。

孔子之教诲，

影响百代人。

渗透到血液，

深入到灵魂，

中华之美德，

从古传到今。

注：①《论语·述而》第十五章。

（二）

谁不爱显贵，

谁不爱金钱，

谁不爱美人，

谁不爱江山，

谁不爱声誉，

谁不爱美餐。

勿以不义得，

勿忘圣人言。

不患莫己知

（一）

正视富贵与闻达，

安身立命仁为家。

不愁自己无职位[1]，

只愁不能胜任它。

不愁他人不知己，

只愁自己不知他。

道在伦理日常中，

努力争取得到它。

注：[1]《论语·里仁》第十四章。

（二）

孔子反复之叮咛，

人生还须重内功。

大富大贵人稀少，

又闻又达人非众。

黎民百姓遍天下，

贩夫走卒南北东。

人生贵在能自知，

粗茶淡饭乐其中。

（三）

人生价值在何处？

价值就在你自己。

你能奉献真善美，

人们就会纪念你；

你若呈现假丑恶，

人们就会唾弃你。

无私奉献一辈子，

人生最大之价值。

（四）

于己平淡生活中，

建立生命内时空。

每当外相入侵时，

内时空内总相容。

誉也罢，毁也罢，

付之流水去无踪。

五彩缤纷大世界，

六路静观道中庸。

（五）

仁者能够为显贵，

不能使人必贵己；

仁者能够为诚信，

不能使人必信己；

仁者能够可任用，

不能使人必用己。

是故仁者耻不修，

而不耻于见污之。

（六）

仁者耻于不能信，

而不耻于不信己；

仁者耻于无能力，

而不耻于不用己。

是以不诱于毁誉，

遵照仁道而行之。

不为外物而倾倒，

依旧端然而正己。

入 仕

（一）

子张求学得官禄，

孔子谆谆对他言：

"多闻阙疑①"别武断，

"慎言其余"防片面；

"多闻阙殆"再调查，

"慎行其余"不冒险。

慎言慎行失误少，

官职俸禄在里边。

注：①《论语·为政》第八章。

（二）

多闻多见慎言行，

历代都以作殷鉴。

以前有个陈绍禹，

钦差大臣面朝天。

他对国情不了解，

下车伊始即发言。

山间竹笋墙头草，

嘴尖皮厚根基浅。

生搬硬套瞎指挥，

云消雾散是必然。

崇

德

人贵有恒

（一）

人而无恒心，

不可作巫医，

不能恒其德，

"不占而已矣①"。

孔子之教诲，

千古不易理。

孔子重有恒，

荀子亦有言：

注：①《论语·子路》第二十二章。

积土可成山，

风雨可兴焉；

积水可成渊，

蛟龙而生焉；

积善而成德，

可以为圣贤。

不能积跬步，

无以千里远。

不能积细流，

无以成浩瀚。

骐骥之一跃，

不能十步远；

驽马之十驾，
功在不舍焉。

锲而即舍之，
朽木不能断；
锲之而不舍，
可镂金石坚。
蚓无爪牙利，
亦无筋骨健，
上食于埃土，
下饮于黄泉。

（二）

古人这些话，
亦适于今天。
做事无恒者，
应该作借鉴。

无有恒心者，
工作不正常。
三天一打鱼，
两天即晒网。
断断又续续，
郎当复郎当。
人家都致富，
他却闹饥荒。

也有一些人，

装模又作样。

干着这一行，

想着那一行。

一遇到困难，

就要跳一行。

一直到最后，

也没爱一行。

还有一些人，

开始很张扬。

干得很起劲，

热情很高涨。

但是没多久，

头垂而气丧。

一蹶而不振，

如同鸡落汤。

（三）

有些老谚语，

从古传到今：

只要有恒心，

铁杵磨成针；

滴水而石穿，

功夫不负人。

无论中与外，

无论古与今，

事业有成者，

都是有恒人。

刘邦战项羽，

五败无一胜；

一败于彭城，

逃命赖大风；

二败于荥阳，

纪信为牺牲；

三败于成皋，

独逃北门城；

四败中伏弩，

差点丧性命；

五败追楚军，

入壁于铜陵。

屡挫而屡奋，

越败越抗争。

跌倒再爬起，

不言苦与疼。

汉之五年时，

韩信彭越至。

项羽军垓下，

兵少食尽之。

四面皆楚歌，

跨上乌骓骑，

溃围而南出，

阴陵道迷失。

陷于大泽中，

汉兵将追及。

复引兵而东，

亭长船渡之。

项羽不肯渡，

乌骓以赠之：

"天之亡我也，

我何为渡矣。

起兵今八岁，

身战逾七十。

所当者皆破，

所击者皆靡。

未尝有败北，

天下遂霸之。

今天亡我也，

以至困于此。"

无颜回江东，

随即自刎死。

项羽无恒心，

一败即自刎；

刘邦有恒心，

终于为至尊。

李斯无恒德，

腰斩三族殁；

苏武有恒德，

封为典属国。

丞相李斯者，

建有大功勋。

辅助秦始皇，

六国统于秦。

不能恒其德，

苟顺于小人。

腰斩灭三族，

牵逐未有门。

西汉之苏武，

出使到匈奴。

被扣不得归，

百般令降服。

武屡以自尽，

以示不得辱。

卫律重其节，

置其于地窟。

绝之以饮食，

雪毡以咽之。

数日而不死，

疑其为神祇。

徙武北海滨，

使牧以群羝。

杖节以牧羊，

节旄尽落之。

始元六年春，

苏武回京师。

匈奴十九年，

风雪严相逼。

须发已皆白，

已非出使时。

朝野共庆贺，

荣耀冠当世。

人而无恒者，

不可作巫医；

不恒其德者，

或承之羞耻。

孔子之教诲，

一定要牢记，

看似很简单，

做到不容易。

称德不称力

孔子之于千里马，

称其品德不称力①。

此乃以马来喻人，

用意深远须晓知。

骥之力者人之才，

骥之德者人品质。

才德虽然集一身，

然其作用却不一。

正直中和之谓德，

聪察强毅之谓才。

注：①《论语·宪问》第三十三章。

才者乃是德之资，

德者乃是才之帅。

才德全尽谓圣人，

才德皆亡谓愚人；

德胜才者谓君子，

才胜德者谓小人。

君子挟才以为善，

小人挟才以为恶。

自古乱国败家者，

多为才能胜于德。

古代有个隋炀帝，

敏慧善文美姿仪。

矫情饰行装仁孝，

阴谋诡计害太子。

弑父烝母似禽兽,
穷凶极恶不知耻。

烟花三月下扬州,
垂柳两岸拂隋堤。
春风举国裁宫锦,
半做舟帆半障泥。
景华宫中求萤火,
夜半出游骄纵极。

忠臣良将斩逐尽,
奸邪巧佞与日炽。
民不聊生陷水火,
百役繁兴战不息。
流连耽酒在后宫,
人饥相食尚不知。

天下处处燃烽火，
已是病入膏肓时。
身边小人贪富贵，
直入宫中刀刃逼。
欲饮鸩酒不能得，
白绫缠颈命归西。

炀帝持才无畏忌，
荒淫无度不知耻。
自作孽者不可逭，
天网恢恢无漏遗。
此乃孔子所深诫，
故称骥德不称力。

大哉孔子

不朽的《论语》

识
人

（一）

孔子说：

"众恶之，

必察焉；

众好之，

必察焉。①"

大家厌恶他，

一定要考察；

大家喜欢他，

一定要考察。

注：①《论语·卫灵公》第二十八章。

众人皆恶之，

防止有诬陷；

众人皆好之，

防止是乡原。

不如坏人恶，

不如好人欢。

所以要考察，

防止有片面。

（二）

孔子说：

"视其所以，

观其所由，

察其所安，

人焉廋哉，

人焉廋哉？① "

看他之行为，

观他之经历，

察他之追求，

就能识别他。

注：①《论语·为政》第十章。

李克观人法：

居视其所亲，

富视其所与，

达视其所举，

穷视其不为，

贫视其不取。

（三）

识人很重要，

关系国和家。

孔子之教诲，

识人之妙法。

崇祯不识人，

刚愎无明断。

中了满人计，

活剐袁崇焕。

三五四三刀，

英雄气方断。

国人皆扼腕，

敌人尽开颜。

毁了明长城，

地覆而天翻。

国破山河碎，

自缢死煤山。

做人

仁者之为人

（一）

孔子说：

唯仁者，

能好人，

能恶人。①

好善而恶恶，

天下之同情。

然人每失正，

私心阻其行。

仁者无私心，

好恶皆所能。

注：① 《论语·里仁》第三章。

（二）

孔子能好人，

尊亲爱众人。

有教而无类，

一视而同仁。

马厩失了火，

不问马问人；

友死无所归，

他说"于我殡"；

乡人待杖出，

登阶扶盲人；

互乡童子见，

两端答鄙人。

为了施仁政，

列国十四春，

知其不可为，

奋斗到终身。

（三）

孔子能恶人，

恶紫乱朱者，

痛斥乡原辈，

乃德之贼也。

非之而无举，

刺之无刺也，

同乎于流俗，

合于污世也。

居之似忠信，

行之似廉洁，

众人皆悦之，

自以为是也，

言行不一致，

是非不分也，

貌是老好人，

实乃小人也，

不入尧舜道，

故曰德贼也。

孔子又曾说，

恶似而非者，

莠之乱苗地，

佞之乱义也，

利口乱信也，

郑声乱乐也。

子贡问孔子，

当今执政者，

可谓哪种士？

孔子答之曰：

"噫斗筲之人"，

何足算士也。

（四）

孔子之论人，
舍小重大体，
功过慎分明，
是非以仁义。

桓公杀子纠，
管仲不为死，
反而相桓公，
弟子有异议。
孔子回答说，
管仲不知礼，
但治国有方，
夺邑无怨之，

九合不以兵，

天下民受益，

岂若匹夫谅，

自经沟渎死？

虽然有过错，

大仁足称之。

孔子之做人，

能爱亦能恨；

孔子之处事，

恰当如其分。

孔子之教人，

不言高大空，

尊重人本性，

寓道于情中。

孔子于天下，

无莫亦无适，

无可无不可，

仁义之为比。

孔子是仁人，

孔子是哲人。

中国历史上，

第一大圣人。

仁人胜周亲

（一）

“虽有周亲，

不如仁人，

百姓有过，

在予一人。①”

武王之誓言，

从古传到今：

治国与安邦，

仁人是根本，

邦安而国治，

方能保万民。

注：①《论语·尧曰》第一章。

（二）

至亲人众多，

未必尽仁人，

若以其治国，

未必能胜任。

倘若国不治，

何以能安民？

皮之若不在，

毛之焉能存？

武王重周亲，

但更重仁人。

不朽之教诲，

仍然适于今。

你若用人时，

亲仁要区分。

任人要唯贤，

千万别唯亲。

仁者戒骄吝

戒骄吝

才能之美妙，

周公之一般，

只要骄且吝，

其余不足观。①

骄者必虐民，

吝者必寡恩。

心中缺乏仁，

必定是小人。

注：①《论语·泰伯》第十一章。

其余不足观，
深戒骄和吝。
骄者必失败，
吝者失人心。

学周公

周公之才德，
素为孔子钦，
心中常思念，
萦梦而牵魂。

周公名姬旦，
才高品德馨，
辅助周武王，
吊民伐纣辛。

武王去世后，
成王年幼君。
周公相成王，
同德又同心。
平叛除武管，
斩断祸乱根。
明察知天命，
敬德而保民。
制定礼和乐，
典制亦更新。
崇德慎罪罚，
谦虚而勤谨。
一沐三握发，
恐失天下心。

一饭三吐哺，

不辞劳和辛。

德高守以恭，

位高守以卑，

地广守以俭，

兵强守以畏，

明智守以愚，

闻博守以昧。

以仁治天下，

四海人心归。

骄必败

因骄而败者，

东晋时符坚。

前秦之国主，

拥兵逾百万。

要灭东晋朝，

一统秦江山。

拒绝忠良谏，

傲气直冲天：

我有百万兵，

何惧长江险，

投鞭可断流，

一战平江南。

登上寿阳城，

北望八公山，

草木皆似兵，

不禁心胆寒。

战阵淝水滨，

不知谋为先，

中了晋军计，

还自以为然。

秦兵稍退际，

晋军猛向前，

退者如山倒，

进者如潮卷。

符坚中流矢，

单骑狼狈窜，

风声与鹤唳，

皆疑晋弓箭。

一蹶而不振，

众离而亲叛。

姚苌将其俘，

兵溃五将山。

不世之枭雄，

只因骄而散。

仁者志高远

子路问老师，
"愿闻子之志。"
孔子回答说：
"老者安之，
朋友信之，
少者怀之。①"

老者何以安？
食丰而衣暖，
居处舒而适，
儿孙绕膝前。

注：①《论语·公冶长》第二十六章。

何以能如此？

国泰而民安，

富之又教之，

仁道遍人间。

朋友何以信？

仁义行在先，

无仁则无信，

仁至而信然。

朋友人众多，

遍布于周边。

大家都互信，

天下为仁焉。

少者何以怀？
幸福之童年，
父母之慈爱，
亲朋之喜欢。

诗书天天读，
琴瑟时时弹，
沐浴春光里，
游戏山水边。

孔子所处世，
并非如其然。
周之礼乐崩，
列国多战乱。

大哉孔子

孔子志高远，
天下莫容焉。
鲁国不能用，
周游列国间。

孔子志高远，
宏图未能展。
但却留下了，
无价之遗产。
《论语》二十篇，
人类之宝典，
引导我中华，
传承和发展。

奋斗一辈子，

师表两千年。

至今他的话，

老者听了安，

朋友听了信，

少者都怀念。

远虑近忧

（一）

"人无远虑，
必有近忧。①"
孔子名言，
光耀千秋。

注：①《论语·卫灵公》第十二章。

（二）

《荀子》“仲尼篇”，

　书中曾有言：

　智者之举事，

　满则虑不满，

　安则虑危急，

　平则虑艰险。

　常虑及其祸，

　是故而不陷。

（三）

周易系辞中，
也载有斯言：
安而不忘危，
治而不忘乱，
存而不忘亡，
国保而身安。
人当有远虑，
防患于未然。

（四）

秦朝之末年，
楚汉相驱逐。
沛公入咸阳，
诸将抢财物。
唯独有萧何，
争先搜图书。
人多笑他痴，
他却搜如故。

（五）

汉王得天下，

书有大用途。

各地之要塞，

天下之穷富，

户口之多少，

民间所疾苦，

国家之形胜，

要知全由书。

（六）

书中之律令，

能为治国助；

农工牧医典，

能为民造福。

所以搜书者，

至此人方悟。

萧何之远虑，

古今人佩服。

（七）

人若无远虑，

必有近忧烦。

忧患之意识，

已经是起点。

我国之文化，

自古未失散；

国家之传统，

自古未间断。

所以能如此，

忧患意识传。

一代传一代，

圣贤传圣贤。

不耽于安乐，
先忧天下患。
忧国又忧民，
防患于未然。

（八）

于国尚如此，

于家理当然。

漫漫人生路，

思虑要长远。

不要贪小利，

只顾及当前。

要学萧相国，

远虑心胸宽。

以直报怨

以德来报怨，
老释耶者也。
舍身以饲虎，
爱敌如友也。

孔子之思想，
与之有分别。
以德报仇怨，
何以报恩德？

德怨混为一，
善恶怎区别？
泛泛说博爱，
何以为准则？

以直来报怨①，

以德来报德，

合情又合理，

情以理为则。

以直来报怨，

社会之公德，

无过无不及，

人生之准则。

注：①《论语·宪问》第三十四章。

反求诸己

"君子求诸己，
小人求诸人。①"
孔子这句话，
适于每个人。
严以要求己，
宽以待他人，
处事之法宝，
做人之根本。

大千之世界，
众说而纷纭，
人与人之间，
难免有纠纷。

注：①《论语·卫灵公》第二十一章。

产生矛盾后，

先求诸己身。

理清原因后，

以直相处分。

若是自己错，

改过且赔礼；

若是双方错，

先要正自己；

若是对方错，

冷静后处理。

能够这样做，

双方都有益。

人生事业中，

有成亦有失。

哪里失败了，

先要求诸己。

不要怨他人，

不要怨天地。

找出原因后，

继续再努力。

曾子曾经说，

吾日三省身：

为人办事情，

是否尽了心；

与朋友交往，

是否全诚信；

师传之学业，

是否记犹新。

《曾子》一书中，

记载曾子曰：

同游不见爱，

吾必不仁也；

交而不见敬，

吾必不长也；

临财不见信，

吾无威信也。

三者都在己，

曷能怨人也。

如果怨他人，

就会陷困厄；

如果怨恨天，

那是不明哲。

己失怨人天，

何其迂腐也。

西人做礼拜，

反省面对神。

君子求诸己，

面对己良心。

反思己言行，

将心而比心。

哪里有问题，

自身找原因。

一日三省身，

处事求诸己。

或曰是软弱，

实乃是强势。

成功之法宝，

取胜之利器。

谁能这样做，

幸福一辈子。

清人曾国藩，

中兴之名臣。

三陷死绝地，

未尝求诸人。

牙齿被打脱，

自己和血吞。

人称三不朽，

饮誉到如今。

和而不同

君子和不同，
小人同不和。①
孔子教弟子，
同和有分别。

和如一杯羹，
五味调合成。
馨香有营养，
食之利于生。

同如一杯水，
没有啥滋味。

注：①《论语·子路》第二十三章。

如同琴专一，
听之欲昏睡。

史伯论周衰，
去和而取同。
和能生万物，
同则无生功。
晏子曾经说：
君臣有同然，
国君所谓可，
而臣有否焉；
臣下献其否，
以成君可焉。

国君所谓否，

而臣有可焉；

臣下献其可，

以成君否焉。

是以民不争，

政平天下安。

晏子还曾说：

君所谓之可，

据亦谓之可，

君所谓之否，

据亦谓之否，

若以水济水，

谁能食之也？

若琴之专一，
谁能听之也？

君子和不同，
小人同不和。
和能生万物，
生生永不灭；
同则不能生，
无续而灭绝。
一阴一阳道，
一乾一坤和。

独阴不能生，
独阳不育也。
独阴和独阳，
天生不相谐。

男婚和女嫁，

天地之作合。

所以有世界，

全部赖以和。

贞而不谅

作为君子者，
贞之而不谅。①
大义要坚持，
小信失无妨。

贞者正而固，
以仁为依归；
持正守大义，
不为小节累。

谅者必于信，
不择是与非；
拘泥于小节，
而于大道违。

注：①《论语·卫灵公》第三十七章。

孟子曾经说：

若有德行者，

言不必信矣，

行不必果也。

君子三戒

君子有三戒①，

少时戒在色，

壮也戒在斗，

老也戒在得。

君子之三戒，

孔子之经验。

当年诲弟子，

亦适于今天。

少时要戒色，

血气未定焉；

注：①《论语·季氏》第七章。

及壮要戒斗，

血气方刚焉；

及老要戒得，

血气已衰焉。

人生三阶段，

三戒是关键。

孔子之教诲，

已逾两千年，

可叹有些人，

视之若不见。

电视节目中，

时常现老贪。

一朝权在手，

头脑昏昏然，

若鬼迷心窍，

贪得而无厌。

党纪与国法，

统统抛一边，

不再畏天命，

不再畏圣言，

穷恶而极欲，

无法亦无天。

物极则必反，

法庭受审判。

性近习远

（一）

"性相近也，
习相远也。^①"
孔子论性，
既明且哲。

（二）

人之性情本接近，
习俗不同变遥远，
孔子之意重习俗，
统言先天和后天。

注：①《论语·阳货》第二章。

（三）

性者人所禀以生，

天地之气所共禀。

虽有厚薄同是气，

性情相近自天成。

（四）

习者生后之习行，

性情改变因环境。

置于善处则效善，

置于恶处则恶生。

（五）

自古言性分歧多，

有善有恶善混恶。

孟子则言性乃善，

荀子则言性乃恶，

或言无善无不善，

扬子则言善混恶，

皆泥善恶而言之，

孔子不言善与恶，

但言性近而习远，

此与事实更吻合。

（六）

食色性也告子言，

众人认同广流传。

性者食色而已矣，

焦循亦作如是观。

（七）

告焦之言人认同，

或曰自然之人性。

勿论自然与他然，

离开食色人不生。

（八）

谚曰民以食为天，

一日三餐自古然。

狼恶虎恶没饿恶，

十日不食入黄泉。

（九）

一阴一阳谓之道，

一男一女谓姻缘。

男婚女嫁天作合，

繁衍生息薪火传。

（十）

东汉王充之言性，
认为善恶在禀气；
唐朝韩愈之言性，
上智下愚三品之。

（十一）

北宋宰相王安石，
其所言性自标异。
善恶都与性无关，
由于行为而引起。

（十二）

宋代程颐之言性，
亦不同于孔夫子。
他说所谓性相近，
乃言气质之性矣，
并非言性之本也，
若言其本性乃理，
孟子之言性乃善，
何曾说是相近之。

（十三）

南宋朱熹之言性，
本然气质两分之：
本然之性即是理，
气质之性各相异。

（十四）

象山阳明之言性，
简直说性即是理。
明末清初王船山，
性乃日生日成之。

（十五）

性相近也习相远，
相近相远概而全。
食色性也庶乎近，
言善言恶各有偏。
杨雄王充韩退之，
安石程颐陆象山，
朱熹船山王阳明，
所论有悖孔子言。

（十六）

孔子言性最全面，

相近相远天地宽。

己性与人相接近，

推己及人两相欢。

习俗能使人改变，

不断学习和实践。

谁个能够如是做，

一生幸福展笑颜。

知命知礼

（一）

人若不知命，
无以为君子。^①
什么叫作命？
如何而知之？

（二）

古人曾经说：
所谓命也者，
不知所以然，
而却然者也。

注：①《论语·尧曰》第三章。

（三）

所谓知命者，

知人有命也，

命运各不同，

信之乃一也；

言行遵道义，

为人尽职责，

不立危墙下，

顺受其正也，

厚德而载物，

自强不息也。

能够如此者，

可谓知命也。

（四）

人若不知命，

见害必相避，

见利必相趋，

何以为君子？

（五）

茫茫人海中，

芸芸之众生，

出生在哪里，

就是他的命。

（六）

生在贫困家，

自强顺受正；

生在富贵家，

谦卑方有成。

（七）

出身不由己，

知命由己定。

做个知命者，

美好度人生。

（八）

历代成功者，

无一不知命。

虽然处逆境，

敢与命抗争。

（九）

胶鬲曾贩盐，

傅说曾筑墙，

百里奚乞市，

管仲囚牢房。

他们都知命，

逆境创辉煌。

（十）

春秋百里奚，

曾经困于齐，

乞食于市人，

蹇叔收留之。

以牛干周王，

听劝而知止。

虞国为大夫，

为晋所虏之，

作为晋媵臣，

陪嫁秦国地。

亡秦而走宛，

又被楚国执，

穆公赎其归，

五张黑羊皮。

时年七十岁，

于之语三日，

委之以国政，

国强而霸之。

百里奚知命，

奋斗到古稀，

终于建大业，

名垂于青史。

（十一）

孔子最知命，
孔子效法天，
奋斗一辈子，
已活两千年。

（十二）

孔子少也贱，

好学而不厌。

曾经为委吏，

曾经为乘田，

曾为中都宰，

一年大改观。

曾为大司寇，

政仁而民安。

挫败齐阴谋，

归还汶阳田。

三都堕其二，

知命应其变。

周游列国地，

弟子逾三千。

整理古典籍，

五经得以传。

功高千仞墙，

德馨日月天。

不朽之木铎，

永活在人间。

（十三）

当今之世界，

瞬间变万千，

五彩呈缤纷，

目无暇相观。

新兴之科技，

令人茫茫然。

知命两个字，

可谓定心丸。

（十四）

你若是农民，

粮棉创高产；

你若是工人，

产品高精尖；

你若是大款，

别忘做慈善；

你是公务员，

别忘民为天。

你能这样做，

庶乎知命焉。

（十五）

知人非易事，
知己亦很难。
但你别畏缩，
人生坐标看；
自己之状况，
一目即了然。

（十六）

先在横标上，
找到你同年。
身之左右人，
经历有同然。
都是过来人，
共同有语言。
日常生活中，
都有苦和甜。
人生之经历，
都有悲与欢。

（十七）

再看竖标点，

从头往后观。

严父慈母爱，

周亲师友言；

生活之经历，

幸福与艰难。

多少人和事，

历历在眼前。

（十八）

看完横竖标，

己状已了然。

大千之世界，

有恶亦有善。

自己之作为，

对错亦互参。

摈弃错和恶，

坚持对和善，

继续向前走，

庶乎知命焉。

道在日常中，

至大又至简。

如果没有礼，

社会就会乱；

如果不知礼，

行动步步难。

一旦触犯了，

大家都厌烦。

人之一生中，

知礼最为善。

谨而不畏缩，

恭而不劳倦。

直而不尖刻，

勇而不暴乱。

言行有风度，

世人都称赞。

第十一章

《论语》如饭 最宜滋养

《论语》如饭

（一）

《论语》如饭，

最宜滋养。

大师①名言，

民众赞赏。

注：① 梁启超。

（二）

人人要吃饭，

天天要吃饭。

一天若不吃，

肚饥腿发软。

十天若不吃，

命要归黄泉。

（三）

《论语》是本书，

何以犹如饭？

人除饥饿外，

与生有情感；

七情和六欲，

样样都俱全。

社会生活中，

还需有规范；

人生旅途中，

还需有理念。

如果没这些，

世界全会乱。

（四）

这些之欲望，

这些之情感，

这些之规范，

这些之理念，

人们需要它，

迫切胜于饭。

这些之欲望，

这些之情感，

这些之规范，

这些之理念，

《论语》一书中，

样样都俱全。

比之鸡鱼肉，

米面糖奶蛋，

油盐酱醋茶，

营养更全面。

（五）

人读《论语》后，

内心会向善，

和睦与人处，

国泰而民安。

（六）

人不读《论语》，

内心易昏暗，

往往会争斗，

国衰而民乱。

（七）

饭要天天吃，

《论语》时时看。

利国又利民，

利己学圣贤。

《论语》是益友

《论语》犹益友，

多闻而谅直。

你有啥困难，

他可帮助你：

帮你找方向，

帮你出主意。

你有啥问题，

他可回答你，

百问而不烦，

不躁亦不急，

答案确而正，

合情又合理。

你和他交往，

他不欺骗你。

你有啥缺点，

他可劝告你。

你的心烦闷，

他可开导你；

你的心急躁，

他可平静你；

你的心沮丧，

他可鼓励你；

你的心骄傲，

他可谦虚你。

只要你喜欢，

他就陪着你，

从不讲价钱，

从不摆架子，

从不行卑躬，

从不行屈膝。

只要你愿意，

帮你一辈子。

《论语》是良师

《论语》是良师，

　教你学做事，

　教你学做人，

　教你为君子，

　教你学爱人，

　教你能弘毅，

　教你会生活，

　教你会学习，

　教你会工作，

　教你会处世，

　教你能明白，

　人生之意义。